DESCUBRIENDO EL MUNDO

Los animales de la granja

Alexia Romatif

algar

El cerdo 24

La cabra 26

El asno 28

La oca 30

El pavo real 32

El perro 34

El gato 36

El conejo 38

El caballo 40

El ratón 42

El gallo

Las gallinas y los gallos son aves y animales de corral. Por la noche, duermen encima de un palo, dentro del gallinero. Su propietario los encierra para evitar que los zorros o las comadrejas vengan a buscar su cena. Aunque comen insectos y lombrices de tierra que encuentran rascando el suelo, en la granja, los alimentan también con grano y restos de comida. Como no tienen dientes, comen pequeñas piedras que les ayudan a triturar los alimentos dentro del buche y del estómago. Los minerales de estas piedrecillas son, en parte, los causantes de la dureza de la cáscara de los huevos.

¡ORGULLOSO COMO UN GALLO!
El gallo es un animal orgulloso, que vigila con celo a sus gallinas. Desgraciado del gallo forastero que quiera meterse en su gallinero, porque será expulsado a golpes de pico y de espolones.

¿LO SABÍAS?
El gallo canta al salir el sol, pero ¿por qué? Como muchas aves, canta al amanecer para hacer saber que está allí, dispuesto a defender su territorio y a sus gallinas. Por otra parte, canta también durante el resto del día para desanimar a los posibles adversarios.

¡QUIQUIRIQUÍ!
El gallo es el símbolo nacional de Francia, nuestro país vecino, porque, en lengua gala, la palabra *gallus* significaba al mismo tiempo 'galo' y 'gallo'. El gallo inspira respeto por su canto matinal y también por su coraje a la hora de defender aquello que le pertenece: no le da miedo, por ejemplo, enfrentarse a un zorro, dispuesto a clavarle en los ojos el pico y los espolones.

La gallina

Una gallina llega a poner un huevo al día durante el verano, aunque no esté acompañada por un gallo. Estos huevos, que no están fecundados, no dan pollitos. Si lo están y no se los lleva nadie, la gallina los incubará. Cuando haya puesto suficientes huevos, se acomodará sobre ellos y solo abandonará el nido una hora al día para comer y hacer sus necesidades. Los pollitos empiezan a crecer gracias al calor de la madre. Incluso si la gallina ha puesto los huevos con 10 días de diferencia, los pollitos nacerán todos al mismo tiempo: 21 días después del inicio de la incubación.

¿LO SABÍAS?

La expresión «gallina clueca» describe a una madre muy solícita. En efecto, además de ocuparse muy bien de sus pollitos, la gallina adopta fácilmente a cualquier cría que salga de un huevo que ella ha incubado, así como a los pollitos de otras gallinas o de los patos.

QUIQUIRIQUÍ

En castellano, decimos que el gallo hace «quiquiriquí», pero su canto es diferente en otras lenguas. El gallo francés dice «cocoricó» y el inglés dice «cock-a-doodle-doo».

¡FLIP-FLOP!

Las gallinas no pueden volar porque pesan demasiado para la medida de sus alas. Pero pueden saltar y, batiendo las alas muy deprisa, doblan la altura de su salto. Sus patas, con tres dedos que se apoyan en el suelo, están adaptadas para correr.

El pollito

Si un huevo es fecundado por el gallo, el embrión de pollito se nutrirá de la yema del huevo, que contiene materias grasas, y de la clara, que contiene proteínas y agua. Después de 21 días de calor, incubado por su madre, el pollito está preparado para romper el huevo. Para hacerlo, usará una diminuta punta de su pico, que se le caerá después del nacimiento y que se llama «diamante». El diamante le permite perforar la cáscara. Minúsculo y suave, el pollito está cubierto de un plumón amarillo o gris. Sigue a su madre por todas partes, para no perderse, claro, pero también para aprovechar su calor.

CUANDO LAS GALLINAS TENÍAN DIENTES...
¿Sabes que el ancestro de las gallinas, el arqueopterix, era un dinosaurio que tenía dientes y alas? Todavía hoy, las gallinas son ovíparas, caminan sobre sus dos extremidades posteriores y tienen la piel de las patas cubierta de escamas como las de los reptiles.

¿LO SABÍAS?
Domesticada desde hace unos 6000 años por sus huevos y por su carne, la gallina es un animal fácil de criar. Sabemos que los romanos, los galos y los egipcios las criaban ya en la Antigüedad.

¿CLOC-CLOC?
En cuanto a su voz, se dice que la gallina cloquea o cacarea, que el gallo canta y que los pollitos pían.

La vaca

La vaca forma parte de la familia de los rumiantes: se traga la hierba sin masticarla. Una vez que tiene la panza llena, se tumba, hace subir una bola de hierba desde el estómago hasta la boca y la mastica: la vaca «rumia». Cuando acaba, se traga la bola masticada y vuelve a comenzar con una segunda bola de hierba. Como todos los mamíferos, la vaca solo da leche después de haber tenido una cría. Hay muchas razas bovinas en el mundo; dos de las más conocidas son la vaca rubia gallega, de color canela, y la vaca frisona, blanca y negra.

¡VACA SAGRADA!

En la India, las vacas son sagradas. En la religión hinduista, la vaca es la madre de todos los hindúes. ¡Desgraciado de aquel que mate a una vaca, porque arderá en el infierno tantos años como pelos tuviera la vaca!

¿LO SABÍAS?

En las regiones de montaña, aprovechan el buen tiempo para hacer subir a las vacas hasta los pastos de altura, eso es la trashumancia.

¡VACAS POR TODAS PARTES!

En todo el mundo se crían diferentes bovinos, por su leche y su carne: el cebú en África, el yak en Nepal, el búfalo en Asia... En muchos países, los bovinos son empleados todavía para los trabajos de fuerza: arar la tierra, tirar de los carros, llevar cargas pesadas...

El toro

El toro es más grande que la vaca y también tiene los cuernos más largos. Los granjeros crían pocos toros, porque uno solo puede fecundar a un rebaño entero de vacas. Además, el toro es agresivo y hay que dejarlo pastar en un campo separado, para que no moleste a las vacas ni a las terneras. Los demás terneros, destinados a la carnicería, son castrados y se convierten en bueyes. Son más dóciles y engordan más deprisa, pero no pueden tener crías. Todavía pueden encontrarse toros salvajes en algunas zonas, como la región de la Camarga, en Francia.

¿LEYENDA?
Mueve una tela roja delante de un toro y cargará contra ti enseguida. ¡Es falso! El toro ve en blanco y negro: no es el color de la tela lo que le excita, sino... el movimiento.

¡OLÉ!
El toro es apreciado por su fogosidad y su agresividad. ¿Has visto alguna vez una corrida de toros o un rodeo?

¿LO SABÍAS?
En las películas, vemos a los vaqueros intentando mantenerse en equilibrio sobre toros indómitos. El jinete tiene que aguantar sobre el lomo del toro un mínimo de 8 segundos, pero solo puede agarrarse de la cuerda con una mano. Eso es el rodeo.

La ternera

El embarazo de la vaca dura 9 meses. Al nacer, la ternera pesa entre 35 y 45 kilos y, muy rápidamente, es capaz de levantarse y de mamar. La vaca la lame hasta que está bien seca para que no coja frío. La ternera necesita mamar a menudo y sigue a su madre por el prado o por el establo. A las crías de la vaca las llamamos ternera o ternero, o becerra y becerro, según su sexo.

¡TUS PAPELES!

La semana siguiente al nacimiento, les ponen en la oreja una etiqueta de color naranja en la que figura su número, con un código de barras que es como un carnet de identidad. Llevan la misma etiqueta en las dos orejas, por si pierden una. Las llevará toda su vida.

¿LO SABÍAS?

Las vacas solo producen leche cuando tienen una ternera. Estas vacas lecheras pueden producir hasta 55 kilos de saliva... ¡al día!

¿MUUU?

Una vaca marina no es una vaca que va en barco, sino una especie de foca moteada. Y, por otra parte, *becerro* es también el nombre de una planta de flores rojas o amarillas.

El pato

Igual que la oca, el pato es un ave palmípeda. Encuentra una parte de su alimento en el agua, moviendo el pico de derecha a izquierda para retener los trozos de plantas y los insectos que flotan en ella. Los patos de granja también se alimentan con grano. En la naturaleza, se distinguen tres clases de patos según su modo de vida: los buceadores, que descienden bajo el agua; los piscívoros, que también bucean pero solamente comen peces, y, finalmente, los más conocidos, los patos de superficie, de los que forman parte los patos domésticos. Estos solo meten en el agua la parte superior del cuerpo, y remueven el agua con el pico mientras mantienen la cola en vertical.

¡ÑAM, ÑAM!
Los patos se crían por su carne, sus huevos e incluso sus plumas. ¿Has probado alguna vez el *magret* o el *foie gras*?

¿LO SABÍAS?
El pato rojo, una especie de pato buceador, puede pasar hasta 20 segundos bajo el agua.

V DE VIAJEROS
Los patos son aves migratorias. Cuando hacen sus viajes, se colocan en forma de V invertida. Se los puede encontrar por todo el mundo menos en los desiertos, sobre todo cerca de ríos, mares y humedales.

La pata

La pata pone un huevo al día durante el verano, algo más grande que un huevo de gallina. Los patitos nacen entre 27 y 35 días después, según la especie. Como en el caso de las gallinas, el crecimiento de los patitos dentro de la cáscara solo empieza cuando la pata los calienta, y los huevos de una misma incubación pueden tener días de diferencia. Los patitos siguen a la madre por todas partes, en fila india, y saben nadar desde que nacen, batiendo el agua con sus patas palmípedas.

¿MAMÁ?

Los patos, como las ocas, se pegan a la primera persona que ven al salir del huevo. A menudo es la madre, pero puede ser también otra ave de la granja, un perro o incluso un humano. Los pequeños seguirán por todas partes a quien les muestre afecto.

¿LO SABÍAS?

Los patos adoran el maíz, pero, si comen demasiado, engordan y enferman del corazón.

IMPERMEABLE

Los patos tienen las plumas hidrófobas, es decir, que no retienen el agua. Para volverlas impermeables, las hacen resbalar de una en una por su pico para untarlas de grasa.

La oveja

Como la vaca, la oveja es un rumiante. Se cría en el mundo entero por su carne, su leche y su piel, y también por su pelaje: la lana. La hembra se llama oveja; el macho, carnero, y a la cría la llamamos cordero. La oveja es prima de la cabra y se distingue porque no tiene cuernos. Solo el macho puede tenerlos, y no necesariamente en todas las especies. Las ovejas tienen un comportamiento gregario: se encuentran seguras cuando están en grupo. Durante sus desplazamientos, siguen fácilmente al macho dominante... o al pastor.

¿LO SABÍAS?
La oveja bala, pero el carnero brama como... el camello.

¡TODOS ESQUILADOS!
La oveja no es el único animal que se cría por su lana: los conejos de Angora, las cabras de Angora o las de Cachemira, así como las llamas y las alpacas, también se esquilan.

¡NO A LA TORTÍCOLIS!
Gracias a sus pupilas horizontales, la oveja tiene un campo visual que puede llegar a los 320°: ¡puede ver detrás de ella sin girar la cabeza! Pero tiene una mala percepción de la profundidad y una sombra o un reflejo del sol pueden asustarla.

El cordero

La oveja pasa el día en el prado y vuelve a entrar a la majada por las tardes. El embarazo dura 5 meses hasta que llega el momento del parto, el nacimiento del cordero. La cría pesa entonces entre 3 y 5 kilos. En cuanto nace, la madre lo lame vigorosamente: su olor le permitirá reconocerlo. En los primeros 15 minutos, el cordero se pone en pie; al cabo de una hora, empieza a mamar. Cuando tiene alrededor de tres semanas, empieza a interesarse por lo que comen los adultos. Irá dejando la leche de su madre poco a poco: comienza su destete.

¡CALENTITOS!
Trabajar la lana esquilada para elaborar ovillos y tejidos resulta caro. Desde hace unos veinte años, se ha encontrado otro uso para la lana de las ovejas: se trata y se vuelve a vender en rollos para aislar las casas ya construidas.

BEBÉS...
La oveja da a luz uno o dos corderos, ¡pero las de la raza Romanov tienen a menudo 3, 4 o 5 crías!

¿LO SABÍAS?
La oveja puede soportar temperaturas tan bajas como -15ºC, ¡siempre que esté gorda y sin esquilar, naturalmente!

El cerdo

Nuestro cerdo doméstico desciende de su primo salvaje, el jabalí. Se cría desde hace mucho tiempo por su carne, con la que se elaboran deliciosos embutidos, como el jamón o las longanizas. La nariz del cerdo se llama morro y es muy sensible. El cerdo es omnívoro y come absolutamente de todo: desde los restos de tu plato a su propia comida, pasando por raíces, frutas y verduras. La cría de una cerda y un cerdo se llama lechón o cochinillo. ¡Y cochinilla se llama también el animalito que se vuelve una bola cuando lo tocas con la punta del dedo!

¡EN EL BARRO!

El cerdo no transpira mucho y un buen baño de barro le permite bajar su temperatura unos 2 °C y ahogar a los parásitos que tiene en la piel (piojos, garrapatas, etc.). Pero los cerdos se bañan también en barro cuando hace frío, simplemente porque les gusta. Moraleja: ¡cerdo enfangado, cerdo encantado!

¿LO SABÍAS?

Cuando una cerda tiene más crías que ubres, el granjero hace que otra hembra, con pocos bebés y ubres disponibles los adopte.

¡ES MI UBRE!

Una cerda tiene, de media, 11 crías por parto y 12 o 14 ubres. Desde su nacimiento, los lechones se disputan el mejor sitio: los más fuertes eligen los tres primeros pares de ubres, porque dan más leche. En el momento de mamar, los pequeños buscan la ubre que les corresponde... ¡y ay de los tramposos!

La cabra

La cabra es un rumiante, como la oveja o la vaca. Hace más de 10.000 años que está domesticada, al principio por su leche, y después por su carne y su piel. El macho se llama macho cabrío, y la cría, cabrito o chivo. Todas las cabras tienen cuernos y son muy hábiles para trepar y saltar. A partir de los 7 meses, la cabra puede tener una cría, que llevará en un embarazo de 5 meses. El cabrito mamará alrededor de 2 meses antes de ser destetado y de comer como su madre, es muy despierto y se pega fácilmente a la persona que se ocupa de él. ¿Su grito? La cabra bala o balita.

¿LO SABÍAS?

Aún pueden encontrarse rebaños de cabras salvajes en ciertas regiones del Cáucaso. Las cabras están bien adaptadas a la montaña y a las zonas en las que la vegetación es demasiado escasa para las ovejas: las cabras pueden trepar y comerse las hojas de los arbustos.

ESQUILADAS...

Ciertas razas de cabras son criadas por su pelaje, como la cabra de Cachemira o la cabra de Angora, cuyo pelo sirve para producir el mohair, una lana muy ligera pero muy abrigada.

...Y ESQUILADORAS

Las cabras son profesionales del desbrozo. En América del Norte y en Australia, por ejemplo, las utilizan para comerse la maleza que alimenta los incendios forestales. Y, quien no tiene rebaño, ¡puede alquilarlo por días!

El asno

El asno o burro es primo del caballo y es más pequeño, a menudo de color gris, y se reconoce por sus largas orejas que son muy ricas en vasos sanguíneos y le permiten enfriar rápidamente su cuerpo. Así puede trabajar cuando hace calor y sequedad, como en el desierto. El asno es el segundo animal, después del buey, en haber sido domesticado para el transporte. Los primeros asnos venían de África. El asno es un animal inteligente, rápido y frugal: no necesita comer demasiado. En cambio, tiene que beber 40 litros de agua al día y solo puede cargar un máximo de 100 kilos.

¿CRUZADOS?

El asno y el caballo son razas tan próximas que se pueden cruzar y tener crías. El cruce de un asno con una yegua da una mula o un mulo. Si el cruce es entre un caballo y una burra, la cría se llama burdégano.

¿LO SABÍAS?

Cuando hace «hia-hia-hia», el burro rebuzna. La cría de una pareja de asnos se llama pollino.

¿OREJAS DE BURRO?

Hace mucho tiempo, los escolares que no se sabían la lección eran enviados a un rincón del aula y les ponían un gorro de papel con las orejas de burro... porque se pensaba que este animal tan cabezota era estúpido.

La oca

La oca es de la misma familia que el cisne y el pato, y es principalmente herbívora. El macho se llama ganso y las crías, polluelos. Las razas de ocas domésticas provienen de dos especies salvajes: la oca cisne de Asia y la oca común de Europa. La oca tiene un comportamiento gregario, le gusta estar en grupo. Para reproducirse, el macho elige de 3 a 5 hembras; este pequeño grupo puede mantenerse junto durante años. La oca es una buena guardiana, inteligente pero muy ruidosa.

LAS OCAS DEL CAPITOLIO

Una leyenda romana cuenta este episodio: los galos atacaron Roma. Los romanos se protegieron dentro de una ciudadela, el Capitolio. Durante la noche, los galos intentaron escalar los muros, pero las ocas sagradas del templo vecino gritaron de tal manera que los romanos, advertidos, rechazaron a sus enemigos y los hicieron caer de las murallas.

¿LO SABÍAS?

A lo largo del tiempo, las ocas han sido criadas por sus plumas, con las que se rellenan edredones y almohadas, y por sus rémiges, las largas plumas que, mojadas en tinta, sirven para escribir.

¡ÑAM!

En la actualidad, se crían ocas por sus huevos y por su carne. En el suroeste de Francia se hace el *foie gras*, mundialmente conocido.

El pavo real

Esta ave magnífica es un primo de los faisanes y de las gallinas de Guinea. Cuando el macho abre las plumas de su cola en forma de abanico para seducir a las hembras, se dice que «hace la rueda». Estas plumas pueden llegar a medir 1,5 metros y poseen ocelos, que tienen una forma parecida a los ojos. Ni las hembras ni los machos jóvenes tienen un plumaje tan bello. En efecto, la hembra está dotada de una cola mucho más corta y de un plumaje marrón, que le permite pasar desapercibida y quedarse en el suelo para incubar.

¡BUU!

Muchas especies de mariposas llevan el nombre de esta ave, como la «gran pavo de noche». Tiene unos ocelos en las 4 alas que hacen creer a sus depredadores que están siendo vigilados por unos ojos inquietantes...

PORTADOR DE FELICIDAD

Aunque hoy en día es un ave ornamental, el pavo real ha sido criado por su carne hasta el siglo XVIII. En la Edad Media era el símbolo de la inmortalidad, y las damas se lo servían a sus caballeros antes de que se fueran a las Cruzadas, después de la ceremonia del «voto del pavo».

¿LO SABÍAS?

La hembra del pavo se llama pava. Decimos que el pavo gluglutea o grazna, y sus característicos graznidos pueden oírse a más de un kilómetro a la redonda.

El perro

El perro es ancestro del lobo y es conocido por ser el mejor amigo del ser humano. Educado desde muy joven por su amo, el cachorro comprende las órdenes simples y aprende con facilidad. En la granja, el perro presta numerosos servicios. Guarda su territorio, pero también a los animales y a las personas que se encuentran en él, y evita cualquier intrusión con sus ladridos. También puede ser utilizado para reunir y guiar a los rebaños de ovejas, de vacas... ¡e incluso de ocas! Mientras está con el ganado, el perro disuade a los depredadores, como el lobo.

¿LO SABÍAS?
En el mundo hay numerosas razas de perros pastor, como el perro pastor catalán o el pastor alemán. Últimamente, desde los años 80, destaca una raza llegada de Inglaterra, el border collie, porque es fácil de adiestrar y tiene buena relación con el ganado.

¿BOYEROS O PASTORES?
Los perros boyeros son, en general, más grandes que los perros pastor, porque son «guardianes de bueyes» y no tienen que dejarse impresionar por el tamaño de las vacas. Los perros pastor son más aptos para vigilar a las ovejas.

ADIESTRAMIENTO
En la naturaleza, los perros cazan en grupo, rodeando a su presa, y todos obedecen al macho dominante. Durante el adiestramiento de un perro, el pastor es reconocido como dominante. Su perro sigue sus órdenes y actúa de manera que le ayuda a dirigir el ganado.

El gato

En la granja, el gato es la mejor arma contra las ratas y los ratones que pululan por los graneros. En efecto, los roedores aprenden deprisa y enseguida saben esquivar las trampas que les ponen. Temible por sus zarpas retráctiles y silencioso gracias a las almohadillas de sus patas, el gato es un cazador de ratas. Para tener un buen gato ratero, tiene que haber sido criado en el campo y su madre tiene que haberle enseñado las técnicas de caza. El gato puede pasar largas horas esperando a su presa, agazapado en un rincón, listo para saltar.

FUNAMBULISTA

La cola del gato no tiene únicamente un papel estético. Se balancea y se ondula para ayudarle a mantener el equilibrio cuando camina por el tejado o por una barandilla.

¿LO SABÍAS?

Una gata puede tener hasta 8 crías, que nacen sordas y ciegas. Los gatitos abren los ojos al cabo de unas 8 horas y, alrededor de las 4 semanas, empiezan a comer alimentos sólidos, aunque continúan mamando... por placer.

¡BIGOTES!

Sus bigotes se llaman vibrisas. El gato las tiene en las mejillas, pero también por arriba de los ojos. Son muy sensibles y le ayudan a orientarse, a evitar obstáculos y a pasar por sitios estrechos. ¡Si los bigotes pasan, todo el gato pasará!

El conejo

En la granja, los conejos se instalan alejados de las corrientes de aire, dentro de unas jaulas enrejadas: las conejeras. Al conejo le gustan los alimentos duros, que le permiten usar los dientes. Comen frutas y verduras, trozos de pan duro, pero también cereales, cáscaras y hierba. Cuando va a parir, la coneja prepara su nido con pelos que se arranca del vientre. Allí, entre los pelos bien calentitos de su madre, los gazapos pasan sus primeros días. Los pequeños maman la leche de su madre y después, sobre las 3 semanas, empiezan a interesarse por los alimentos de los adultos.

NACIMIENTO
En general, la coneja tiene entre 3 y 12 gazapos después de una gestación de alrededor de un mes. Las crías nacen desnudas y ciegas. El pelo aparece al tercer día y sus ojos se abren a los 10 días.

¡TODO LIMPIO!
Como el gato, el conejo se limpia varias veces al día. Se moja las patas delanteras con saliva y después se frota alrededor de los ojos, las orejas, la parte de arriba de la cola y, para acabar, las patas de atrás.

LARGAS OREJAS
Sus orejas orientables son muy sensibles y le permiten oírlo todo a su alrededor sin tener que girar la cabeza. No se debe agarrar nunca a un conejo por las orejas; ¡si lo haces, prepárate para recibir mordiscos y arañazos!

El caballo

Este herbívoro de la familia de los équidos es doméstico desde hace más de 5.000 años. En la granja, fue utilizado al principio para los trabajos del campo: tirar de carros y carretas, arrastrar troncos de árboles... Poco a poco, ha sido reemplazado por máquinas como el tractor. Hoy en día, además de utilizarse para la equitación, el caballo, económico, silencioso y no contaminante, sustituye ventajosamente a los vehículos a motor en los lugares estrechos o en las zonas peatonales. Muchos pueblos utilizan caballos para la recogida de vidrio, las patrullas policiales, el cuidado de los espacios verdes e incluso... para el transporte escolar en carro. ¡Arre, caballito!

¡VISTO!
Los ojos del caballo están situados a los lados de la cabeza. Lo ve todo a su alrededor, excepto dos ángulos muertos: la punta de su nariz y justo detrás de su cabeza.

¡A TRABAJAR!
El caballo de tiro, imponente, se utiliza todavía para arrastrar troncos de árbol: transporta la madera desde las zonas inaccesibles hasta los vehículos. Los caballos y los burros son también auténticos «desbrozadores». En los parques naturales, por ejemplo, mantienen los campos limpios sin degradar el suelo.

¿LO SABÍAS?
El caballo tiene más que ofrecer que su fuerza física. En contacto con él, las personas enfermas o discapacitadas se tranquilizan y ganan confianza en sí mismas. Esto se llama terapia equina.

El ratón

En el campo, los ratones son numerosos. Todos estos pequeños roedores, amantes de los granos, viven entre los humanos desde el principio de la agricultura. Todos tienen un hocico puntiagudo, un tamaño pequeño y una larga cola. Los ratones viven en grupos, preferentemente en el interior (cueva, granero, granja...). Indefensos, están siempre preparados para huir. Se activan sobre todo por la noche, para evitar a los depredadores: gato, comadreja, zorro, serpiente y también lechuza o garza. El ratón es un roedor omnívoro que ataca todo lo que encuentra: comida, madera, papel...

¡RATONES POR TODAS PARTES!

En el transcurso de un año, una hembra de ratón puede dar a luz a 100 crías, que tendrán, como su madre, un gran apetito. Los ratones pueden destruir las cosechas de trigo o de maíz, sin contar que, como las ratas, transmiten varias enfermedades.

¿LO SABÍAS?

En el caso de los ratones, la cola tiene la misma longitud que el cuerpo.

¿QUESO?

La idea de que los ratones adoran el queso ha sido popularizada por los dibujos animados. En realidad, el ratón se siente más atraído por los alimentos azucarados y por los granos. Se pone queso en las trampas solamente porque se conserva mucho tiempo y tiene un fuerte olor, que es lo que atrae a los ratones.

Créditos

Fotolia.com: 28 m, 31 – Adam Gryko: 16 m – Africa Studio: 40 m – Alexey Stiop: 22 b – Alexia Khruscheva: 42 d – axepe: 20 m – bolga2b: 21 – coco: 32 h, 33 – Dieter Hawlan: 2, 47 – dmitriy: 32 b – dozornaya: 43 – dzain: 28 b – Gefobob: 19 – Ingo Bartussek: 20 h – JDA: 12 b – jeanma85: 30 m – kertis: 40 h – kyslynskyy: 44 h – MB: 12 m – mtrommer: 15 – muro: 40 d – neofile: 6 h – Noam: 6 d – oksix: 6 m – Omika: 30 h – phant: 26 h – Pictures news: 28 h – pitrs: 38 h – sevenk: 18 h – shaiith: 44 m – sugar0607: 22 h – Ttstudio: 9 – Vera Kailova: 41 – virgonira: 38 m – xalanx: 8 d.

V. Grossemy: 37.

Shutterstock.com: 39, 45 – andamanec: 18 m – apiguide: 34 h – Barbol: 14 m – Baronb: 25 – bierchen: 34 m – Catalin Petolea: 8 h – Chirtsova Natalia: 16 m – cynoclub: 36 h – de OX: 44 b – Destinyweddingstudio: 34 b – eastem light photography: 42 h – Geanina Bechea: 18 b – Juan G. Aunion: 14 h – Konstantin Karchevskiy: 29 – Marco Barone: 14 b – Meister Photos: 7 – Mikael Sundberg: 20 b – Mircea BEZERGHEANU: 24 h – Montenegro: 30 b – monticello: 8 m – Nagel Photography: 26 m – Nate Allred: 16 b – ollirg: 36 m – PCHT: 10 b – Pixel Memoirs: 24 b – smereka: 13, 17, 42 m – Sue Robinson: 24 m – talseN: 26 b – tratong: 22 m – Tsekhmister: 10 m – Velychko: 32 m – Volodymyr Burdiak: 11, 27, 38 b – Wenoush: 35 – wideonet: 10 h – Wolfgang Kruck: 23 – Worldpics: 12 h – YAN WEN: 36 b.

Título original: *Je découvre en m'amusant les animaux de la ferme*
© LOSANGE, 63400 Chamalières, France, 2016
Publicado por acuerdo con IMC Agencia Literaria
© Traducción: Teresa Broseta Fandos, 2018
© Algar Editorial
 Apartado de correos, 225 - 46600 Alzira
 www.algareditorial.com
Impresión: Liberdúplex

1.ª edición: octubre, 2018
ISBN: 978-84-9142-177-1
DL: V-2503-2018